CATALOGUE

DE

TABLEAUX

MODERNES & ANCIENS

Etudes, Esquisses, Marbres

DONT LA VENTE AURA LIEU

PAR SUITE DE DÉCÈS

HOTEL DROUOT, SALLE N° 1

Les Mercredi 1er et Jeudi 2 Décembre

A DEUX HEURES

PAR LE MINISTÈRE DE

Mᵉ Léon TUAL, Commissaire-Priseur à Paris

56, Rue de la Victoire, 56

ASSISTÉ DE

M. Georges MEUSNIER

Expert auprès des Tribunaux

27 et 22, Rue Saint-Augustin, 27 et 22

EXPOSITION PUBLIQUE

Le Mardi 30 Novembre 1897

DE 2 HEURES A 6 HEURES

CONDITIONS DE LA VENTE

La vente sera faite *expressément* au comptant.

Les acquéreurs payeront en sus des adjudications *cinq pour cent.*

L'exposition mettant le public à même de se rendre compte de l'état des objets, il ne sera admis aucune réclamation une fois l'adjudication prononcée.

Tableaux Modernes

1 — **Abbebaf**. Paysage.

2 — **Barrois**. Un jeune Grec. (Étude.)

3 — **Barrois**. Jeune femme. (Étude.)

4 — **Blanchon**. Les Palmes de la gloire.

5 — **Benjumea**. La Foire de Séville.

6 — **Bonington** (Attribué à). La Sortie des Arquebusiers à Anvers.

7 — **Van den Bussche**. Un vieux Chiffonnier.

8 — **Van den Bussche**. Brigand calabrais.

9 — **Van den Bussche**. La Danse du Serpent.

10 — **Van den Bussche**. Décorateur arabe.

11 — **Van den Bussche**. Un Monténégrin.

12 — **Van den Bussche**. Captifs mexicains.

13 — **Marie Bonheim**. Fleurs.

14 — **Bouvel**. L'Arabe.

15 — **Betsellère**. La Mort du Tambour.

16 — **Bureau**. Le Croissant.

17 — **H. Bureau**. Pêcheurs pris par la marée montante.

18 — **Bureau**. Port de Dieppe.

19 — **Marie Boucher**. Les Roses.

20 — **A. Caillaud**. Nature morte.

21 — **A. Caillaud**. Armures.

22 — **A. Caillaud**. Nature morte.

23 — **Caillaud**. Pêches et Raisins.

24 — **Calvès**. Bœuf au pâturage.

25 — **Calvès**. Au Pâturage.

26 — **Campasso**. En Reconnaissance.

27 — **Carracciolo**. Sur un même panneau neuf tableaux de genre.

28 — **Cauchois**. Voiturée de fleurs.

29 — **A. de Cetner**. Femme nue jouant avec un serpent (*Salammbô*) (?).

30 — **De Cetner**. Danseuse.

31 — **Cederstrœm**. Chasse en Russie.

32 — **Cederstrœm**. Sur la plage.

33 — **Chataud**. Le petit pasteur arabe.

34 — **Marius Cival.** Cerf et Biche poursuivis.

35 — **Marius Civial**. Neuf paysages encadrés.

36 — **Corot** (Attribué à). La Prairie.

37 — **Corot** (Attribué à). Paysage.

38 — **Corot** (Genre de). Le Pêcheur.

39 — **Courbet** (Genre de). Laveuses près d'un torrent

40 — **Courbet** (Genre de). Dante et Virgile.

41 — **Diaqué**. En promenade.

42 — **Diaqué**. Sur la balustrade.

43 — **Diaqué**. Les apprêts du bal.

44 — **Diaqué**. Jeune femme près d'une véranda.

45 — **Diaqué**. Une Espagnole.

46 — **J. Dupré** (?). Paysage.

47 — **Diaz** (Attribué à). Bohémiens sous bois.

48 — **Diaz** (Genre de). Paysage.

49 — **Diaz** (Genre de). Sous bois.

50 — **Diaz** (Genre de). Sous bois.

51 — **Diaz** (Genre de). Au Harem.

52 — **Diégo**. La Séance d'après nature.

53 — **Deshayes**. Animaux à l'abreuvoir. (Sur cuivre et signé.)

54 — **E. Desrivières**. Étude de femme. (Pastel.)

55 — **D. C.** Les Mendiants.

56 — **Daminier**. Rêverie.

57 — **Divers**. Suite de tableaux de genre réunis sur un panneau.

58 — **Erkstrom**. La Neige en Norwège.

59 — **Fosset**. Vision de Saint-Antoine.

60 — **De Francander**. Étude.

61 — **Garrido**. Parisienne appuyée à une balustrade. (Non terminé.)

62 — **Garrido**. Au Luxembourg.

63 — **A. Gatti**. La Fontaine fleurie.

64 — **Rossi-Gazzolo**. Un Canal à Venise.

65 — **J. Geoffroy**. Moine en prière.

66 — **J. Geoffroy**. Moine à genoux.

67 — **P. Gomot**. Pivoines.

68 — **P. Gomot**. Les Pivoines.

69 — **A. Goupil**. Raisins.

70 — **H. Guillou**. Paysage.

71 — **Hawkins**. Dans les champs, près du village.

72 — **Hawkins**. Dans le Jardin.

73 — **Hawkins**. Tête de femme. (Étude.)

74 — **A. Houssaye**. Grande esquisse décorative.

75 — **A. Houssaye**. Paysage.

76 — **Jadin (?)**. Tête de chiens.

77 — **H. Karl**. Paysage suisse.

78 — **S. Laguere**. Portrait d'un prélat.

79 — **Cabaillot-Lassalle**. Les Orphelins.

80 — **Leitner**. « Pauvre mère ton fils est mort ! »

81 — **Lemaître**. Le petit Pifferaro.

82 — **P. Lira**. Sapho.

83 — **Liardo**. La Plage à Naples,

84 — **E. Liony**. Fleurs.

85 — **P. Lira**. Le Jugement de Paris.

86 — **P. Lira**. Vestale.

87 — **P. Lira**. La Cigale.

88 — **P. Lira**. Les Tailleurs de pierres.

89 — **P. Lira**. Les Orphelins de Venise.

90 — **P. Lira**. Aux écoutes.

91 — **P. Lira**. Une Parisienne.

92 — **P. Lira**. Au bord du précipice.

93 — **P. Lira**. Lever de lune.

94 — **P. Lira**. Eurydice.

95 — **P. Lira**. L'appel de la baigneuse.

96 — **P. Lira**. L'Enlèvement.

97 — **P. Lira**. Le Verrou.

98 — **P. Lira**. Paysage.

99 — **F. Lowe**. Barque de pêche.

100 — **Jules Marc**. Épisode de la guerre de 1870.

101 — **Martinet**. Nature morte, poissons.

102 — **E. Michel**. La Charrette.

103 — **E. Michel**. Le Chemin montant.

104 — **E. Michel**. L'approche de l'orage.

105 — **Michels**. Les Amoureux.

106 — **Monticelli**. Les Châtelains.

107 — **Monticelli**. Dans le parc.

108 — **C. Meunier**. Tête d'étude.

109 — **Muller**. Saint Jean-Baptiste.

110 — **A. Narcisse**. Jeune Grecque.

111 — **R. de Noter**. Vue prise à Lagoah.

112 — **David de Noter**. Intérieur de maison arabe.

113 — **A. Orrégo**. Intérieur d'atelier.

114 — **Orrégo**. L'Amateur.

115 — **Otéro**. Une Fête à la cour de François Ier.

116 — **Carlo Orsi**. La Bulgarie. (Allégorie.)

117 — **Peghoux**. Paysage.

118 — **Le Poittevin**. Village de pêcheurs au bord de l'Escaut.

119 — **L. Le Poittevin**. Pêcheur à Étretat.

120 — **Polonus**. Paysage.

121 — **Ricardo**. Printemps.

122 — **Riemada**. L'exquis manille.

123 — **Rossi**. Une Fête sous Henri II.

124 — **Gazzola Rossi**. La Piazzetta à Venise.

125 — **G. Rossi**. Le Port Saint-Nicolas à Paris.

126 — **Th. Rousseau** (Attribué à). Paysage. Souvenir du Morvan.

127 — **P. R**. Nature morte.

128 — **Schopin**. Baigneuses jouant avec un cygne.

129 — **S. Salon** (D'après). Une Florentine.

130 — **Émile de Specht**. Coup double.

131 — **Edward Stott**. Les hautes herbes.

132 — **Traversari**. La Lettre.

133 — **Troyon** (Attribué à). Le vieux Breton.

134 — **Troyon** (Genre de). Paysage à Sèvres.

135 — **B. Thollot**. Fleurs.

136 — **B. Thollot**. Jeune mère.

137 — **Tholer**. Nature morte.

138 — **Vanderbroeck**. La Lettre.

139 — **Wauters**. La bride cassée.

140 — **Wuls**. Marée basse.

141 — **Wuls**. La Falaise.

142 — **P. V**. Marine.

143 — **Xydias**. Tête de vieillard.

144 — **École moderne**. Vue d'Algérie.

145 — **École moderne**. Le Sabbat.

146 — **École moderne**. Faucheur.

147 — **École moderne**. Le Baiser ravi.

148 — **École moderne**. Le Tir à l'arc.

149 — **École moderne**. Le Repos.

150 — **École moderne**. Paysage.

151 — **École moderne**. Étude de femme.

152 — **École moderne**. Un vieux pont.

153 — **École moderne**. Paysage sous bois.

154 — **École moderne**. La Lettre.

155 — **École moderne**. Sur la lisière d'un bois.
(Paysage avec animaux.)

156 — **École moderne**. La ville de Paris. (Allégorie décorative.)

157 — **École moderne**. La Seine à Bougival.

158 — **École moderne**. Moutons sous bois.

159 — **École moderne**. La bonne ménagère.

160 — **Inconnu**. Étude de roses.

161 — **Inconnu**. Buenvenuto dans son atelier.

162 — **Inconnu**. Bouquet de fleurs.

163 — **Inconnu**. Courses de chars. (Esquisse.)

164 — **Inconnu**. Tulipes et pavots.

165 — **Inconnu**. Les Arabes.

166 — **Inconnu**. Paysage.

167 — **Inconnu**. La Révolte du Monténégro.

168 — **Inconnu**. Ondine.

169 — **Inconnu**. La Nuit.

170 — **Inconnu**. La Femme au perroquet.

171 — **Inconnu**. Paysage.

172 — **Inconnu**. Marguerite.

173 — **Inconnu**. Marine.

174 — **Inconnu**. Marine.

175 — **Inconnu**. Marine.

176 — **Inconnu** Étude de nu.

Tableaux Anciens

177 — **Canaletti** (École de). Vue à Venise.

178 — **Canaletti** (Attribué à). Vue de Venise.

179 — **Canaletti** (École de). Vue de Venise.

180 — **Charlet** (?). Un Vaincu.

181 — **Van Dyck** (D'après). Étude pour la Vierge allaitant.

182 — **H. Desjardins**. Paysage d'Amérique.

183 — **J. Van Eyken**. Paysage.

184 — **J.-B. Greuze** (D'après). L'Innocence.

185 — **Jordaens**. Tentation de Saint-Antoine.

186 — **Keller**. Diane et Endymion.

187 — **Largillière** (Attribué à). Portrait de femme.

188 — **Lebrun** (École de). Cavalier.

189 — **Carlo-Maratta**. Saint-Stanislas.

190 — **Patel**. Ruines dans un paysage.

191 — **Palamèdes** (Genre de). En Voyage.

192 — **Guido Reni** (École de). L'Ange Gabriel.

193 — **Rembrandt** (D'après). — Portrait du maître.

194 — **Ribeira** (Attribué à). Méditation.

195 — **H. Robert** (Attribué à). La Soumission.

196 — **Rottenhamer**. Diane et Calisto.

197 — **P. P. Rubens** (Attribué à). Calisto.

198 — **Salvator Rosa** (École de). Les Ermites.

199 — **Salvator Rosa** (Attribué à). Sujet mytho-
logique.

200 — **Van Schendel**. L'Apparition du Christ.

201 — **Swebach**. Le Passage du Gué.

202 — **Taunay**. Églogue.

203 — **Tiepolo** (École de). Esquisse pour une
voussure.

204 — **Vallin**. Les Baigneuses.

205 — **Vélasquez** (D'après). Portrait de l'Infante.

206 — **J. Vernet** (École de). Paysage d'Italie.

207 — **Monogramme VR** (Genre de Ruysdaël).
Paysage.

208 — **École allemande**. La Tour de Babel.

209 — **École espagnole**. Tête d'homme.

210 — **École espagnole**. Étude d'apôtre.

211 — **École flamande**. Joies maternelles.

212 — **École flamande**. La Madeleine.

213 — **École flamande**. L'Oiseau envolé.

214 — **École Flamande.** Portrait de sainte Catherine.

215 — **École Flamande.** Les Pêches.

216 — **École Flamande.** Ruines par la neige.

217 — **École Flamande.** L'Olympe.

218 — **École Française du XVIIe siècle.** L'Assomption de la Vierge.

219 — **École Française du XVIIe siècle.** Les Fêtes de Bacchus.

220 — **École Française du XVIIe siècle.** Au manège.

221 — **École Française du XVIIIe siècle.** Portrait de femme.

222 — **École Française du XVIIIe siècle.** Moïse sauvé des eaux.

223 — **École Française de 1830.** La Légende de saint Hubert.

224 — **École Française de 1830.** Étude de femme.

225 — **École Française.** Martyre chrétienne.

226 — **École Française.** La Madeleine.

227 — **École Française.** Vénus et Cupidon.

228 — **École Française.** Portrait d'homme.

229 — **École Française.** Portrait de femme.

230 — **Ecole Française**. Femme tenant un livre.

231 — **Ecole Hollandaise**. Jeune Femme éclairée par une lumière.

232 — **Ecole Hollandaise**. Saint Marc.

233 — **Ecole Hollandaise**. Portrait d'homme.

234 — **Ecole Hollandaise**. Paysage.

235 — **Ecole Hollandaise**. La Pêche à la Seine.

236 — **Ecole Hollandaise**. Paysage animé.

237 — **Ecole Hollandaise**. Tête d'homme.

238 — **Ecole Hollandaise**. L'Avare.

239 — **Ecole Hollandaise**. Assemblée dans un port.

240 — **Ecole Italienne du XVII siècle**. Paysage.

241 — **Ecole Italienne**. La Madeleine.

---

242 — Tableaux anciens et modernes; Toiles peintes et Panneaux non catalogués. (Ce lot sera divisé.)

Marbres

243 — Buste de jeune fille.

244 — Statuette. Jeune femme voilée.

Paris. Imp. Georges Petit. — 5540-97.

RED. :

16

0 1 2 3 4 5 6 7 8 9 10

BIBLIOTHEQUE NATIONALE DE FRANCE

****

CHATEAU DE SABLE

1996